F. BOISSONNEAU

———

# LE LOT DE CENT MILLE FRANCS

———

## NOS ENFANTS

BORDEAUX

FÉRET, LIBRAIRE-ÉDITEUR, 15, COURS DE L'INTENDANCE

—

1867

# LE LOT DE CENT MILLE FRANCS

—

## NOS ENFANTS

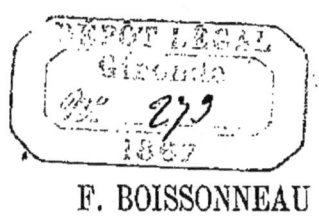

F. BOISSONNEAU

# LE LOT DE CENT MILLE FRANCS

## NOS ENFANTS

BORDEAUX

FÉRET, LIBRAIRE-ÉDITEUR, 15, COURS DE L'INTENDANCE

—

1867

(C.

# LE LOT DE CENT MILLE FRANCS

A MA FEMME

Aurea mediocritas.

Oh ! si, quelque jour, à la lotérie,
  Je gagnais, Marie,
  Les cent mille francs !...
Quel jour sans pareil ! quel charmant délire !
  Je voudrais... de rire,
  Me serrer les flancs !...


Car, vois-tu, ma chère, une telle chance,
  C'est l'indépendance
  Au vaste horizon ;
C'est ce doux bonheur qu'avec tant de bile,
  Plus d'un imbécile
  Retient en prison !


Tu sais ? ce bonheur de ne jamais être
  Serviteur ni maître,
  Courtisan ni roi ;
De s'abandonner sans mélancolie
  Au flot de la vie,
  Pour n'être que soi !

Mes cent mille francs, gratuite conquête,
　　N'empliraient ma tête
　　D'aucun vain désir :
Je ne voudrais point, avec ma fortune,
　　Monter à la lune
　　En train de plaisir ;

Ni sur mer avoir aucun gros navire,
　　Pour m'entendre dire :
　　« Monsieur l'armateur ! »
Ni tourbillonner dans le gouffre immense
　　Que fait la finance...
　　Sombre agioteur !

Que le vent soufflât la baisse ou la hausse ;
　　Que le Saragosse
　　Vînt à dérailler...
Jamais un frisson ; jamais une ride,
　　En voyant, perfide,
　　Le sort vous railler,

Vous qui nous couvriez d'une éclaboussure
　　En roulant voiture,
　　Comiques rentiers,
Et qui promenez partout, dans la boue,
　　Votre longue moue
　　En simples souliers !...

Non ; tout bonnement je fuirais la ville
　　Pour un lieu tranquille,
　　Un coin abrité,
Où je passerais, sans ouïr personne,
　　Le printemps, l'automne,
　　L'hiver et l'été !

Ma maison serait une maisonnette
　　Se cachant, discrète,
　　Dans quelque vallon,

Tout proche d'un bois dont la cime altière
          Serait ma barrière
          Contre l'aquilon !


Glaces et tapis, et meubles d'ébène,
          La chose est certaine,
          N'auraient pas beau jeu :
Mieux que tout cela, pour seule tenture,
          J'aurais la nature,
          J'aurais le ciel bleu !


Point de chien grondant sur mon seuil rustique ;
          Point de chimérique
          Effroi du passant !
Le pauvre suivrait, par l'herbe touffue,
          La route connue,
          En nous bénissant !...


Une source fraîche ; un essaim d'abeilles ;
          Quelques jeunes treilles ;
          Un riant jardin
Où toutes les fleurs, jalouses d'éclore,
          Aux feux de l'aurore
          Ouvriraient leur sein ;


Les matins brumeux ; le baume du chêne
          Inondant la plaine ;
          Les soirs empourprés ;
Nos enfants, joyeux comme la lumière,
          Se donnant carrière
          A travers les prés ;


Sous les pas rêveurs, quand vient la rafale,
          Une feuille pâle
          Qui fait son adieu... ;
Les sentiers perdus, où, dans le silence,
          Une âme qui pense
          Entend parler Dieu.....

Cela vaut-il pas toutes les parades,
      Les arlequinades
      Du monde guindé,
Où le vice affreux, quand le bien s'efface,
      Toujours se prélasse
      De luxe fardé ;


Où se font lorgner, dans leurs fières stalles,
      D'élégants scandales ;
      Où le Benoiton,
Chargé d'impudeur et de ridicule,
      Docteur sans émule,
      Prêche le bon ton ?...


Monde... grand idiot qui regarde, aux nues,
      Des cordes tendues ;
      De flottants ballons...
Et qui, nous chantant, en pleine démence,
      Que le monde avance,
      Marche à reculons !...


Cela vaut-il pas toutes les grimaces
      De ces loups rapaces
      Masqués en amis ?...
Ce souffle orageux roulant des couronnes,
      Secouant les trônes
      Les plus affermis ?...


Cela vaut-il pas des cieux politiques
      Les éclairs obliques
      Menaçant nos fronts ?...
Nuage vermeil qui vient comme un traître...
      Et pleuvra, peut-être,
      D'éternels affronts !!...


O lot bienheureux ! ô ma quiétude !
      Dans la solitude
      Je voudrais t'avoir,

Comme un mur d'airain, pour mieux me défendre,
  Pour ne pas entendre
  Et pour ne pas voir !

Mais... tu t'en iras chez quelque vieux ladre,
  Agrandir le cadre
  De son dieu d'argent...
Ou tu te fondras au feu des orgies,
  Payant les folies
  D'un extravagant !...

O mon joli rêve ! avec tes caresses,
  Avec tes promesses,
  Tu peux t'envoler !...
Parmi les écueils, une chaste image
  Près de moi surnage
  Pour me consoler !...

Un lot préférable, ô douce Marie !
  A la loterie,
  M'échut un beau jour !...
Certes ! le bon Dieu pour moi n'est pas chiche :
  Je suis plus que riche
  Avec ton amour !!.....

# NOS ENFANTS

———

## A MA FEMME

—

Si scires donum Dei !

Sur trois jeunes enfants constamment inclinée,
Tu te plains quelquefois de ta longue journée ;
Et quand le soir tardif a clos enfin leurs jeux,
Quand le sommeil éteint la flamme de leurs yeux,
Nous causons. Tu me dis, d'une voix affaiblie,
Qu'il faut bien que l'amour à ces êtres nous lie ;
Qu'il faut bien être mère et puiser dans son cœur,
A chaque instant, beaucoup de force et de douceur ;
Que c'est bien ennuyeux de toujours les entendre ;
De les voir se donner, et soudain se reprendre,
A hauts cris, un jouet dont ils sont bientôt las ;
Que tu prêches toujours, et qu'ils n'écoutent pas ;
Que leurs vilains cerveaux sont pleins de tours pendables ;
Qu'ils te feront damner ; que ce sont de vrais diables,
Se roulant ou grimpant, déchirant ou cassant ;
Et que, n'étant que trois... ils font du mal pour cent !...
Enfin... je ne sais pas toutes les noires choses
Que distillent sur eux tes lèvres si moroses.....
Puis, tu me dis encore, avec un gros soupir,
Que je suis bien heureux, le matin, de partir ;
D'abandonner ainsi la maison, sans qu'il faille
Compter, de tout le jour, avec cette canaille ;

Que les maris vivant de négoce... à l'écart...
Des soucis du ménage ont la plus mince part;
Et que vous, au milieu de mille petits drames,
Vous sentez tout le poids des heures... pauvres femmes !
Que toute votre vie est un pénible effort,
Et que, certes, le ciel vous fit un rude sort !...

O femme ! qu'as-tu dit?... Quoi! le ciel fut sévère
En te parant trois fois de ce doux nom de mère,
Comme il fait au rosier pendre de frais boutons,
A l'arbre des forêts croître des rejetons?...
Sévère !... en te prenant des parcelles de vie
Que son regard fécond sous ton œil multiplie;
En te faisant toi-même en d'autres refleurir,
En d'autres te mouvoir, en d'autres te sentir;
En d'autres te faisant tripler ton existence
Dont le flot rajeunit aux sources de l'enfance;
Et dans leur voix t'entendre, et dans leurs yeux te voir
Comme dans les fragments d'un timbre et d'un miroir!...
Sévère !... en te créant, ô trop heureuse esclave!
Par des devoirs pieux, une sublime entrave...
Un cercle rayonnant de grâce et de candeur;
Un cercle d'innocence où s'enferme ton cœur,
Où se mêle un parfum à l'air que tu respires...
Cercle étroit qui vaut seul les plus vastes empires !...
O destins d'une mère ! ô destins incompris !
S'il fallait vous payer, où serait votre prix ?...
Famille ! enfants naïfs ! jeux bruyants ! rire et larmes !
Images du foyer ! que vous avez de charmes !...
Et c'est là que, parmi tant de chastes trésors,
Tu ne sais pas le fiel des choses du dehors;
C'est là que, dans l'amour, ta vie est dépensée;
Là, que l'amour te tient doucement enlacée,
O mère ! à tes enfants, comme la branche aux fruits,
Dans l'ombre nourrissant tous ceux qu'elle a produits !...
Et tu voudrais encore exhaler une plainte !...
Ah ! c'est moi qui, broyé sous une lourde étreinte,
C'est moi qui peux du sort accuser la rigueur;
Moi qu'il jette en pâture au monde extérieur...

Dans ce monde rempli des lugubres images
De toutes les vertus avec tous leurs naufrages ;
Monde où l'on ne sait plus si la voix qu'on entend,
Si l'œil qui vous regarde, et la main qu'on vous tend,
Sont une voix... un œil... une main... ou des piéges,
Cachant sous leurs appas les plus noirs sacriléges...
Monde où, du nom d'ami traîtreusement parés,
De leurs amis trop vrais qu'ils auront déchirés,
Des hommes nourriront leur dévorante envie...
Monde tel... qu'on y doit s'effrayer de la vie ;
Que, se fuyant soi-même, on voudrait quelquefois
Pour asile invoquer la profondeur des bois...
Si l'on n'abritait mieux sa fière indépendance
Dans un calme dédain... et dans sa conscience !...


Maintenant, réponds-moi : Si nous pesions nos jours,
Des faveurs du destin... quels seraient les plus lourds ?...


Dans ces humbles enfants, je te le dis, ô femme !
Tu vois trop une écorce et pas assez une âme ;
Tu vois trop la surface et pas assez le fond ;
Trop ce qu'ils ne sont pas ; pas assez ce qu'ils sont :
Vivant reflet du ciel, foyer de poésie ;
Calice où nous puisons le miel et l'ambroisie ;
Sourire par lequel sont égayés nos pleurs ;
Doux rêves dans nos nuits ; baume sur nos douleurs ;
Aube resplendissante au sein de nos nuages ;
Dans notre exil amer, voluptueux mirages ;
Flots d'azur s'épanchant sur nos aridités ;
Saintes illusions dans nos réalités.....
Les voilà, ces enfants, tels qu'il faut les connaître ;
Tels qu'il faut les aimer... les envier, peut-être !...
— Combien de la fortune est-il de favoris,
Ames sordides, cœurs tout d'argile pétris,
Qui, sur un monceau d'or cloués par l'avarice,
Demandent le plaisir à leur propre supplice ?...
Incapables d'amour, ils s'appellent heureux
De ne pas voir d'enfants folâtrer autour d'eux...

Ils ignorent quel prix donnent ces têtes blondes
A leurs moindres chansons, à leurs futiles rondes ;
Et l'immense pouvoir de ces petites mains
Qui, passant sur nos fronts, rendent nos fronts sereins ;
Et tant de mots charmants, tant de suaves choses
Dont la source féconde est dans ces bouches roses !...
Mais la fortune, un jour, peut voiler ses rayons ;
La fortune a son fiel et ses dérisions...
Et sensibles alors, seuls avec la souffrance,
Ils implorent en vain leur stérile opulence !...
— Que je suis plus heureux lorsqu'au déclin du jour,
Vers le seuil désiré je hâte mon retour,
Et que je vois de loin des formes incertaines
Dans l'ombre s'agiter, comme en brisant leurs chaînes ;
Puis, légères... vers moi courir... courir encor ;
Puis se rivaliser dans leur rapide essor,
Avec des cris joyeux où mon oreille est fière
D'entendre des enfants qui me nomment leur père !...
Que dans une minute il est de volupté !...
Quel chemin attrayant, quand je suis escorté
De ces minois, essaim qui voltige et badine !
Que le soir ténébreux devant moi s'illumine !...
J'arrive. — A mes baisers les voilà suspendus ;
Voilà leurs bras trop courts avidement tendus
Vers ma main qui, jouant avec leur convoitise,
Les fait bondir autour d'une humble friandise...
Et je ne songe plus, témoin de leurs ébats,
Qu'il est de lourds fardeaux et de rudes combats !...
Puis, ce sont des récits où leur voix trop pressée,
Au lieu de la produire, étouffe la pensée ;
Où le sens que je cherche apparaît vaguement,
Comme un astre douteux au fond du firmament !...
M'apitoyant alors sur ce faible langage,
J'appelle à son secours et le geste, et l'image ;
Et pour un mot pompeux sur leurs lèvres éclos,
Mon œil voit triompher de faciles héros !...
C'est la table où chacun — adorable antithèse —
Va placer, nain charmant, une géante chaise !...
Ainsi que des oiseaux rangés au bord d'un nid,
Ils sont là tous les trois que la faim réunit,

Attendant que, sur eux, à la fois tu promènes
Tes longs regards d'amour, ô mère! et tes mains pleines!...
Qu'au milieu d'un tel groupe il est doux de s'asseoir!...
Quelle saveur, mon Dieu, dans ce repas du soir!...
Oh! qu'alors, oubliant toute profane chose,
Le cœur s'épanouit!... Que l'âme se repose!...
Visages transparents, miroirs de séraphin,
Frais babil, petits doigts émiettant votre pain...
Quel banquet vaudrait mieux à nos pauvres demeures?...
    Puis, c'est l'heure bénie entre toutes les heures,
Où le feu qui déjà commence à flamboyer,
En égayant les murs, nous attire au foyer...
Si parfois je suis là, me penchant sur un rêve,
Il me faut avec lui promptement faire trève...
Ces jolis importuns, de mes faveurs jaloux,
Viennent se disputer pour trône... mes genoux!...
Le secret de leur force est une telle grâce,
Que tous sur mes genoux obtiennent une place;
Et tous, en souverains, me dictent une loi,
Se partagent mon être... et je ne suis plus moi!...
C'est ainsi que, pour l'un, je dois à ma mémoire
Toujours redemander une naïve histoire;
Que, de l'autre, je dois, grave comme un docteur,
Peser les questions pleines de profondeur;
Pour l'autre, qui m'excite avec ses gentillesses,
Fondre toute mon âme en ardentes caresses!...
    Et toi, femme, attentive ou mêlée à nos jeux,
Tu les dores toujours d'un rayon de tes yeux;
Tu nous les embellis de ton plus beau sourire...
L'heure coule sans fiel; sans remords elle expire...
Et c'est calme, embaumé, religieux, touchant,
Comme un site vermeil où s'endort le couchant!...


Paisible intérieur! ô saint culte! ô famille!...
Que jamais, loin de vous, mon cœur ne s'éparpille!...
O femme! où voudrais-tu chercher un bien réel?...
Ayons là notre temple; ayons là notre autel!
Sans jamais envier ce qu'elle peut poursuivre,
Laissons courir la foule où la foule s'enivre...

Périsse à notre seuil le bruit des chars dorés !
Périsse leur éclat !... — Ignorant, ignorés,
Ensevelissons-nous dans ce bonheur modeste...
Que nous faut-il de plus... si ce bonheur nous reste ?...
Seigneur ! Dieu des petits ! Dieu de nos arbrisseaux !
Soyez aussi, soyez le Dieu de nos berceaux !...
Vous gardez une fleur... gardez ces têtes frêles ;
Ayez-les plus encore, ô mon Dieu ! sous vos ailes,
Pour que, dans la douleur, nous sentions, triomphants,
Passer votre sourire... à travers nos enfants !!...

Bordeaux, imprimerie Auguste Lavertujon, 7, rue de Grassi.